Esther Kiara de Angelo
Kelly Brown
Susi Schüler
Andrea Schüler
Esther Brown

## Natursekt und Kaviar Geschichten

5 braun-gelbe Sexgeschichten

AF160727

Alle Personen und Geschehnisse dieses Romans sind frei erfunden. Ähnlichkeit mit lebenden Personen und tatsächlichen Geschehnissen wäre rein zufällig.

1. Auflage
Copyright © 2014 by Esther K. De Angelo, Völklingen
Cover by: Esther K. De Angelo
Herstellung und Verlag:
BoD - Books on Demand, Norderstedt

ISBN: 978-3-7357-6156-9

Inhalt:  Seite

I.   Meine Schulfreundin*  5
II.  Susi und Rebecca – Kaviar am Strand**  23
III. Janine – Studentin Kaviar Sexgeschichte***  35
IV.  Kaviar Schwestern****  47
V.   Das Picknick – Sekt und Kaviar 2 *****  57

VI.  Weitere Buchempfehlungen  67


\*       Aus: Kaviar und Sekt Geschichten (2013[+])
\*\*     Kurzgeschichte von Susi Schüler (2014[+])
\*\*\*   Kurzgeschichte von Esther Brown (2014[+])
\*\*\*\* Kurzgeschichte von Andrea Schüler (2014[+])
\*\*\*\*\* Aus: Mein Natursekt und ich – Weitere kurze Sexgeschichten (2013[+])
+        Publikationsjahr

## I. Meine Schulfreundin (Kelly Brown aus Kaviar und Sekt Geschichten (2013)

Draußen sind es etwa drei Grad und es schüttet wie aus Kübeln, als wir Melanies Elternhaus betreten.

Meine Freundin ist etwa 1,75 Meter groß, wiegt zirka 63 Kilo und hat lange, dauergewellte, braune Haare. Ich bin 1,74 m groß, wiege etwa 56 Kilogramm, habe blonde Haare, die bis zur Gürtellinie reichen, leuchtend blaue Augen, schmale, helle Augenbrauen und BH-Größe 75c. Ich trage rote, künstliche Fingernägel, bin im Schritt immer rasiert, habe relativ lange, dünne Beine und Schuhgröße 38.
Dreimal in der Woche begeben wir uns gemeinsam ins Fitnesscenter, treiben Kampfsport und genießen zweimal in der Woche die Sauna im Keller meiner Eltern.
Mel trägt heute eine blaue, enge Jeans, weiße Turnschuhe, ein blaues T-Shirt und eine beige Lederjacke. Ich kleide mich am heutigen Tag mit einer weißen Bluse, einer schwarzen Jeans und Sportschuhen.
Als wir das Haus betreten sind wir völlig durchnässt.
Bei mir schimmern die spitz nach oben stehenden Brustwarzen durch das weiße Oberteil.

»Ich geh direkt unter die Dusche.«, bemerkt Mel.

»Dann beeil dich aber! Ich will auch so schnell wie möglich eine heiße Dusche nehmen.«, erkläre ich.

Während ich dies äußere, sieht Melanie mit ihren leuchtend blauen Augen ganz tief in meine.

»Wieso duschen wir nicht gemeinsam?«, fragt die Brünette verschmitzt lächelnd.

Etwas überrascht schaue ich zu meiner Kumpanin. Nach ein paar Sekunden muss sie laut lachen.

»Das meinst du doch nicht ernst, oder?«

»Wieso denn nicht?«, fragt Melli und fährt mir durchs nasse, blonde Haar.

Ich bin etwas verunsichert.

»Du spinnst doch! Das können wir doch nicht machen!«

Ich sehe Melanie an und erwarte eine Reaktion auf meine Bemerkung, aber es kommt zuerst mal keine.

»Wieso denn nicht?«, beginnt die Brünette, »Hast du noch nie die Fantasie gehabt, mal mit einer Frau zu duschen? Ihr den Rücken einzureiben und ihre weichen, runden Brüste mit einem Stück Seife zu berühren!? Und wie war das letzte Woche auf der Toilette!? Tu doch jetzt nicht so scheinheilig – FRÄULEIN!«, fährt sie nun in einem ernsteren Ton fort.

Sie greift nach meiner linken Hand und lacht erneut.

»Ich habe das schon mal gemacht! Im letzten Jahr!«, sagt Melli.

»Echt!? Mit wem?«, erkundige ich mich.

»Mit Saskia! Die aus meinem Spinnigkurs.«, beginnt sie ihre Geschichte, während wir in ihr

Schlafzimmer gehen und uns auf ihr Bett setzen. »Wir haben damals ein klein wenig experimentiert.«

»Klingt ja geil!«, erwidere ich, »Was habt ihr denn gemacht?«

»Oh ja, das war es auch. Wir waren bei ihr zu Hause und hatten Currywurst gegessen. Mir ist meine Schale aus der Hand gefallen und das ganze Zeug landete auf Sassys Beinen. Wir sind ins Bad gegangen und sie fing an ihre schönen, schlanken, anscheinend niemals endenden Schenkel zu säubern. Der Anblick dieser schönen Beine hat mich total erregt. Als ich ihren Körpergeruch wahrnahm, wurde ich richtig feucht zwischen meinen Schenkeln.«

Meine Augen werden mit jedem Wort, das über den volllippigen Schmollmund meiner Freundin kommt, größer. Ich gehe etwas näher an Melli heran und lausche der Erzählung der anderen Frau gespannt weiter.

»Ich begann ihre Beine zu streicheln. Sie trug an diesem Tag einen kleinen, roten Ledermini, ein weißes, viel zu enges Top und einen weißen Spitzentanga. Sie sah zu mir runter und sagte: „Komm, küss meine Beine – bitte!" Ich näherte meinen Kopf an ihre Schenkel, ohne groß darüber nachzudenken. Langsam begann ich sie zu küssen. Ich fing bei den Knien an und arbeitete mich langsam zu ihren Schenkeln hoch, während Sie durch mein Haar streichelte.«

Ich sitze nun unmittelbar neben meiner Freundin.

»Und dann?«, frage ich neugierig.

»Als ich am Bund ihres Rockes ankam, zog sie mich langsam an meinen Haaren hoch. Sie war etwa zehn Zentimeter größer als ich. Ihr gut proportionierter Körper schien endlos. Ich sah ihren tollen Bauchnabel und ihre genau richtig gebauten Brüste auf dem Weg zu ihrem Erdbeermund. Sie zog mich an sich heran und gab mir einen Zungenkuss. Ganz tief steckte sie ihre Zunge in meinen Mund und danach widmete sie sich dann meinen Brüsten. Ich trug damals keinen BH. Sofort stellten sich meine Nippel. Sie zog mir mein T-Shirt aus und begann an meiner linken Brust zu saugen. Dann wechselte sie zu der anderen. Etwas später gab sie mir erneut einen Zungenkuss. Während sie das tat, griff sie mit ihrer linken Hand unter meinen Mini. Nun wollte ich sie auch berühren, wofür ich ihr das Top auszog. Ich sah, wie ihre festen Brüste hierbei etwas nachwippten. Das war das Erregendste, was ich bis dahin gesehen hatte. Ihre kleinen Höfe und diese tollen, großen Brustwarzen - über die ich mich sofort hermachte. Sie begann zu stöhnen. „Komm beiß mich", sagte sie völlig erregt und ich tat es. Zuerst knabberte ich an der linken und dann an ihrer rechten Brust. Währenddessen hatte sie mein Höschen etwas nach unten gezogen. Dann begann sie meine feuchte Muschi mit einem Finger langsam zu streicheln. Mein Herz begann zu rasen. Kurz darauf startete ich damit ihren Hals zu liebkosen. „Oh ja!", stöhnte sie, während ich ihr kleine, runde Knutschflecken machte. Danach steckte sie einen ihrer Finger in meine feuchte Spalte. Ich konnte nicht anders. Ich begann laut zu stöhnen. Und je lauter ich wurde, desto schneller bewegte sie ihn in mir hin und her. Ich hielt mich an ihrer Schulter fest und knutschte sie immer doller an ihrem Hals. Etwas später nahm sie einen zweiten Finger hinzu, woraufhin meine kleine Pflaume auszulaufen begann. „Moment!", sagte sie, bückte sich und fing an meinen Saft von meiner Muschi zu saugen. Hierbei entdeckte ich zum ersten Mal den Spiegel, der uns gegenüberstand. Hier sah ich, wie dieses Prachtweib vor mir kniete. Ich erblickte ihren süßen Po. Ich war nun im siebten Himmel. „Steck mir deine Zunge rein", flehte ich. „Ich habe eine bessere Idee", erwiderte sie. „Leg dich auf den Boden." Ich tat es. „Mach die Beine breit!", bat sie. Dann nahm sie ihre vier Finger der linken Hand und schob sie langsam in mein Paradies. So ein Gefühl, wie in diesem Moment, hatte ich noch nie erlebt. Noch nie zuvor war ich so ausgefüllt gewesen. Ich sah ihr ins Gesicht und mit meinen Händen hielt ich ihren Arm, damit sie ihre Finger ja nicht aus mir herausnahm, bevor ich meinen Höhepunkt erreicht hatte.

Immer wieder bewegte sie ihre Hand in mir hin und her und her und hin. „Schneller! Komm, mach schon!", flehte ich. „Ja, komm, mach schneller." Ich spürte nun, dass es gleich soweit sein wird. „Mach schneller!", stöhnte ich. „Hör nicht auf! Komm schon, mach es mir!" Und kurz darauf überkam mich eine riesige Orgasmuswelle, wie ich sie noch nie erlebt hatte. Es schien gar nicht mehr zu enden. Ich schrie vor Lust. „Ja, komm! Lass es raus!", unterstützte sie mich und ich stöhnte immer lauter. Die Zeit schien stillzustehen. Solche Gefühle hatte ich noch nie erlebt.

Als ich meinen Höhepunkt hatte, legte ich meinen Kopf erschöpft auf den Boden. Ich war völlig aus der Puste. Langsam nahm sie lächelnd ihre Hand aus mir heraus und gab mir sanfte Küsse auf meine Lippen. Den Muschisaft an ihrer Hand verteilte sie auf meinem Bauch. Dann zog sie sich ihren Rock aus und legte sich mit ihrem Rumpf auf den meinen, rieb ihren Körper auf mir und begann mich zärtlich am Hals zu liebkosen. Meine Hände griffen um ihren kleinen Apfelpo. Ich streichelte ihn. „Zwick mich", forderte Saskia. Etwas zaghaft begann ich es zu tun. „Fester, du geiles Stück!", sagte sie lächelnd. Ich tat es. Daraufhin gab sie eine Art erregtes Quieken von sich. „Fester - noch viel fester!", verlangte sie weiter und ich gehorchte. Nun begann sie laut zu stöhnen und ich packte fest an ihre Backen. Sie begannen rot zu werden, so fest griff ich zu. Sie öffnete dann ihren Mund und ließ etwas von ihrer Spucke auf meine linke Wange laufen. „Siehst du, ich bin ein versautes, böses Mädchen!", hauchte sie mir entgegen. Ich grinste und nickte. „Schlag mich!", befahl sie mir und leckte gleichzeitig ihre Flüssigkeit wieder von meiner Wange ab. „Du sollst mich schlagen, hab ich gesagt." Ich tat es zaghaft, da ich nicht wusste, wie fest sie es haben wollte. „Fester!", sagte sie, „Viel fester, ich brauch das! Na los, schlag mich richtig fest!"

Also holte ich aus und es gab ein richtig lautes Geräusch, als meine Hand auf ihrem Po aufprallte. Sofort begann sie laut zu ächzen. „Noch mal - und viel fester!", forderte sie. Ich tat es. Erneut schrie sie ihre Lust heraus. Insgesamt schlug ich sechsmal auf jede ihrer Pobacken und sie wurde mit jedem Kontakt geiler. „Hmm - du bist gut, Melli!", lobte sie mich. Immer wenn meine Hand ihren Hintern traf, wippten ihre Brüste gegen die meinen und wir züngelten, was das Zeug hielt. Noch immer schlug ich auf ihr Hinterteil, dann sagte sie: „Los, komm mal mit." Sie stand auf, griff meine Hand und zog mich hoch. „Wir gehen jetzt ins Bad." Als sie vor mir herrannte, konnte ich sehen, dass ich ihre beiden Backen feuerrot geschlagen habe. „Tut das nicht weh?", erkundigte ich mich. „Doch, aber das ist ein geiler Schmerz!", sagte sie lachend.

Als wir im Bad ankamen, es ist eines mit einem weiß gefliesten Fußboden gewesen, stellte sie sich vor mich, machte die Beine weit auseinander und drückte meinen Kopf nach unten. „Leck mich!", befahl sie. Sofort ging meine Zunge an ihre Schamlippen. Sie begann zu stöhnen. Etwa eine halbe Minute lang, ließ ich meine Zunge durch ihre feuchte Grotte wandern. Dabei griff ich mit meinen beiden Händen nach ihren Pobacken und rieb sie. Die waren immer noch ganz warm von den Schlägen, die ich ihr verpasst hatte. „Gleich.", stöhnte sie. „Gleich - ja, ja." Ich dachte sie würde bereits kommen, aber das, was da kam, war etwas, was ich vorher auch noch nie beim Sex erlebt hatte. „Ja, ja - jjjjetzt", stöhnte sie und plötzlich spürte ich eine warme Flüssigkeit, die zum Teil in meinen Mund lief und zum Teil daran vorbei, über mein Gesicht, hin zu meinem Hals, über meine Brüste, den Bauch, hinunter zu den Beinen und dem Boden. Ich war sofort begeistert. Der warme Natursekt, der direkt aus ihrem geilen Körper auf mich herunterlief, ließ mich erneut geil werden. So leckte ich sie weiter. Ich versuchte soviel ihres heißen, gelben Strahls in mich aufzunehmen, wie ich konnte. Dann überkam es mich auch. Ich strullerte einfach auf den Boden. Saskia beobachtete dies mit Freude und bezeichnete mich als geile, perverse Kuh, was mir im konkreten Fall sehr schmeichelte. Meine linke

Hand wanderte währenddessen an meine pullernde Muschi. Noch nie zuvor hatte ich meinen eigenen Natursekt angefasst. Es war herrlich. Es machte mich so geil, als hätte ich nicht erst vor fünf Minuten meinen letzten Höhepunkt gehabt, sondern vor fünf Jahren. Dann versiegte ihr warmer Strahl. Sie beugte sich zu mir herunter. „Hat dir das gefallen, meine Süße?", fragte sie und schob mir ihre Zunge in den Hals. Ich grinste und nickte.

„Dann habe ich jetzt noch etwas, was dir sehr gefallen wird!"

Sie legte mich mit dem Rücken auf den Boden - mitten hinein - in die Pisse.

Ich konnte die Wärme an meinem Rücken spüren. Dann setzte sie sich kniend auf meine Lustzone und begann zu drücken. Die drückte mir eine lange, weiche Wurst auf meinen Venushügel und sie stöhnte erregt, während sie drückte. Als sie ihr Geschäft erledigt hatte, drehte sie sich zu mir um, hockte sich auf meine Beine und begann damit die braune Masse leicht abzuschlecken. Dann nahm sie etwas davon in ihre linke Hand und verrieb es auf meinem Bauch. Ich forderte mehr von ihr. Der strenge Geruch und die Wärme des frisch Gedrückten machten mich richtig heiß. Nachdem mein Bäuchlein nun völlig braun war, beugte sie sich etwas weiter vor, nahm den restlichen Kaviar von ihrer Hand und bestrich meine beiden Brüstchen damit. Während sie

dies tat, griff ich mir auch etwas von der braunen Creme, verteilte es auf meine beiden Hände und packte damit an ihren geilen Po, der nun ebenso wie meine Brüste einen neuen Anstrich bekam.
Dann drückte sie ihren Busen gegen meinen und wir sauten uns gegenseitig ein.
Dabei stöhnte sie lustvoll: „Ist das geil!"
Danach nahm sie mit ihrer rechten Hand etwas Urin auf, ließ ihn sich in den Mund laufen und schleckte ihre Hand ab. Beinahe hätte ich bereits vom Zusehen einen Höhepunkt bekommen.
„Ich muss auch mal eine Wurst zur Welt bringen", sagte ich zu ihr und wir wechselten die Positionen. Sie legte sich auf den Boden und ich richtete meinen geilen, kleinen Po auf ihr Gesicht aus.
Dann begann ich zu drücken. Während ich dies tat, steckte sie mir einen Finger tief in mein Rektum, sodass sie beim drücken schon einen total eingesauten Finger bekam. Diesen steckte sie sich dann in ihren Mund und verschlang meinen Kaviar so, wie er aus mir heraus kam. Als ich fertig war und mich umdrehte, zeugten nur ein paar kleine Reste um ihren Mund, von dem, was hier gerade passiert war.
„Man, hatte ich einen Hunger.", kam es ihr über die Lippen und sie grinste mich frech an. Ich beugte mich über sie und gab ihr einen leidenschaftlichen Zungen-kuss.

Dabei entdeckte ich eine große, runde Haarbürste mit einem dicken, silbernen Griff. Ich nahm ihn in die linke Hand, drehte sie auf den Bauch, hob ihren Unterleib an und ging mit meinem Kopf an ihren Hintern, der völlig mit einer Masse von Sekt und Kaviar bedeckt war. Zärtlich küsste ich beide Pobacken und brachte sie in die Hündchenstellung. „Was tust du da?", fragte Saskia neugierig. „Ich hab da auch ein paar ganz geile Ideen!", sagte ich grinsend, nahm den Griff von dem Kamm in den Mund, rieb ihn etwas mit Kaviar ein und steckte ihn ihr danach in ihre feuchte Vagina. „Oh ja!", hauchte sie. „Tiefer - oh ja!", fuhr sie fort. Und ich steckte ihr das Ende des Gegenstandes immer tiefer in ihr feuchtes, braun auslaufendes Loch. Mit ihrem Oberkörper badete sie weiter im braunen See. Immer wieder ließ sie ihre Brüste darin versinken.

Dann kam mir eine noch bessere Idee. Während ich sie weiter mit dem Kamm einem Höhepunkt näherbrachte, griff ich mit der anderen Hand nach einem Klümpchen Kaviar, das auf dem Boden lag. Ich schmierte mir meine Finger damit ein und steckte ihr einen davon in ihren Arsch. „Du Sau!", schrie sie erregt. Dann krümmte ich meinen Finger in ihr. „Oh ja, das ist geil, mach weiter!", bat sie. „Warte mal!", sagte ich und nahm den Kamm aus ihrem feuchten Paradies. „Gib mir mal eine von deinen Händen!", bat ich Saskia. Sie gab mir ihre rechte. Ich führte drei ihrer Finger in sie ein - und den Kamm, ließ ich in ihren Po gleiten. „Boah, ist das geil, mach weiter!", lobte sie mich. Und ich tat es. Immer schneller bewegte sie ihre Finger und ich tat es ihr mit meinem speziellen Freudenspender gleich. Sie war nun kurz davor zu kommen. Immer lauter schrie sie ihre Lust heraus, bis sie dann mit heftigen Unterleibsbewegungen ihren Höhepunkt sichtbar machte. Beinahe hätte ich den Kamm nicht mehr richtig halten können, so kam es meiner Freundin. Sie wackelte eine ganze Weile herum, bis sie dann in den Natursekt niedersank. „Oh man, war das eine Nummer!", stellte sie erschöpft fest.

Dann platzierte ich mich neben ihr auf dem Boden. Wir lagen beide auf dem Bauch und sahen uns an. Danach mussten wir lachen. Wir küssten uns. „Und wer macht hier die Sauerei wieder sauber?", fragte ich, woraufhin sie begann, mit ihrer Zunge über den Boden zu lecken. Dann sagte sie: „Das machen wir später sauber! Jetzt duschen wir zuerst mal!" Wir standen beide auf und stellten uns in die Kabine.«

»Und was ist dann passiert?«, frage ich.

»Das würde ich dir gerne live zeigen!«, sagt Melanie schmunzelnd, nähert sich mir und beginnt damit mir auf die Wange zu küssen. Immer wieder berührt sie mich ganz kurz. Ich lächel sie an und frage naiv:

»Ist das wirklich so toll?«

»Ja, das ist es!«, haucht mir Melli entgegen und leckt mir über die Wange.

»Na gut!«, sage ich und wir gehen ins Bad.

Vor der Dusche angekommen, entkleiden wir uns.

»Ich bin ein bisschen nervös!«, äußere ich.

»Das legt sich.«, entgegnet meine Freundin und streichelt mir über die Schultern.

Dann küsst sie meinen Hals. Ich beginne zu stöhnen und kurz darauf besteigen wir die Duschwanne. Melanie greift nach dem Duschkopf, dreht das Wasser auf und beginnt mich zu waschen.

»Zuerst deine tollen Brüste!«, beginnt sie, »Dann deinen sexy Bauchnabel. Danach kommt dein schönstes Teil dran!«

Sie hält ihren Kopf vor meine Vagina. Sofort drücke ich sie näher an mich heran und sie berührt mich mit ihrer Zunge.

»Das ist so gut!«, hauche ich meiner Freundin total erregt entgegen.

Melli lächelt:

»Habe ich's dir nicht gesagt? Nur Frauen wissen, wie es Frauen wirklich wollen!«

Nun greife ich der Freundin meinerseits zwischen die Beine. Melli steckt zwei ihrer Finger in meine Muschi. Wir machen es uns nun gegenseitig. Immer schneller, immer tiefer bewegen wir unsere flinken Fingerchen im Körper der anderen. Dabei sehen wir uns tief in die Augen. Immer lauter werden unsere lustvollen Geräusche. Hin und wieder geben wir uns intensive Zungenküsse.

»Ja, komm, mach schon, schneller, tiefer!«, flehe ich, »Los, mach schon.«

»Ja, ich mach`s dir, du kleine Sau«, stöhnt Melli. Nun nimmt diese noch den dritten und vierten Finger hinzu. Sofort schreie ich meine Lust laut heraus.

»Oh ja!«.

Dann kralle ich mich an ihrem Rücken fest. Ich bin jetzt kurz vor meinem Höhepunkt und höre auf Melli auf zu streicheln. Ich küsse sie. Immer wieder berühren meine Lippen ihren Hals und die Wangen der Brünetten.

»Hör nicht auf, oh ja, komm schon, ich bin so geeeil! Oh ja, komm schon, gleich, gleich, glei ... oooh!«, stöhne ich immer wieder, als ich auf dem Weg zu meinem ersten realen Orgasmus durch eine andere Frau bin.

Als ich diesen Höhepunkt nun erreiche, fühle ich mich wie im siebten Himmel. Ein gigantischer Orgasmus, wie ich ihn nicht mal beim Mastur-bieren erlebt habe, spüre ich langsam aber gewaltig in mir hochkommen. Ich kralle mich noch fester an Mels Rücken fest.

»Ja, ja – jetzt!«

Melli bewegt ihre vier Finger immer schneller. Ich werde etwas wackelig auf den Beinen, als ich meinen Höhepunkt erreiche.

Nachdem es mir gekommen ist, lässt Melanie ihre Finger nun etwas langsamer in mir hin und her gleiten, bis sie diese nur noch in meiner Vagina verweilen lässt. Sie sieht mich liebevoll an. Ich beginne zu lächeln.

»Das war der absolute Hammer!«, sage ich mit schwerer Atmung und rasendem Herzen.

Melanie erwidert mein Grinsen. Ich umarme sie und wir küssen uns gut eine halbe Minute lang. Immer wieder lassen wir unsere Zungen mitein-ander spielen.

»Jetzt bist du aber dran, meine liebe Mel!«
»Okay!«
»Komm, knie dich runter! Ich habe da was ganz besonderes für dich!«

In freudiger Erwartung kniet sich die Brünette vor meinen Po. Sie öffnet ihren Mund und ich beginne zu drücken. Sofort schiebt Melli ihren Mund ganz dicht an meinen Spender. Heute gibt es eine fluffige hellbraune Wurst – und meine Freundin nimmt alles auf, was da kommt.

»Schmeckt`s?«, erkundige ich mich.
»Oh ja, sehr gut!«, antwortet sie.

Währenddessen kommt auch noch etwas Sekt aus mir heraus geschossen, welchen Mel ebenso freudig aufnimmt, wie meinen Kaviar. Sie lässt sich ihren Mund volllaufen und spuckt die Mischung aus Natursekt und Kaviar zurück auf meine Möse.

»Das ist herrlich warm!«
»Jaaaha!«

Kurz darauf versiegen meine beiden Quellen, ich drehe mich zu Melanie um, und wir küssen uns.
Ihr Gesicht ist total eingesaut und sie denkt nicht daran aufzuhören, es sich mit beiden Händen auf den Wangen zu verreiben.

»Jetzt wirst du „gewaschen".«, sage ich mit leuchtenden Augen, während sich Melanie umdreht.

Diese steht nun mit dem Rücken zu mir. Ich nehme etwas von dem Kaviar und beginne ihr von hinten her den Oberkörper einzureiben.

»Zuerst die eine und dann die andere Seite.«, sage ich.

Melli lacht.

»Ja, mach sie schön „sauber", meine beiden Prachthügel.«

Dann wandert die braune Masse weiter nach unten zur Scheide der jungen Frau.

»Jetzt wird es schön!«, bemerke ich und beginne damit über Mellis empfindlichste Stelle zu reiben.

Mel stöhnt. Dann wird ein größeres Teil des Kaviars ein kleines Stück weit eingeführt und über ihrem Kitzler zerrieben. Melanie schließt ihre Augen und genießt es. Einen braunen Finger meiner anderen Hand stecke ich nun ganz vorsichtig in die Analöffnung meiner Freundin.

»Was machst du denn, du Sau?«, fragt Mel schwer atmend.

»Ich nehm dich jetzt von hinten und von vorn. Wie du`s verdient hast!«

Ich bewege den eingeführten Finger nun ein bisschen hin und her. Mel beginnt zu zucken.

»Das ist so toll. Nimm noch einen.«

Ich tue es.

»Sauber genug! Es wird Zeit, dass ich wieder dreckig werde!«, haucht sie.

Ich küsse zärtlich den Nacken meiner Freundin, und wandere langsam ihren Rücken herunter, bis ich an ihrem Poloch ankomme. Dies bewegt sich schon leicht nach außen und schon einen Moment später kann ich die Spitze eines kleinen Würstchens sehen, welches sich alsbald zu einer ausgewachsen braunen Stange bildet. Diese nehme ich mit beiden Händen auf und zerdrücke sie teilweise auf dem Po meiner Freundin und aufstehend, dann an ihren Brüsten. Dabei reibe ich meinen Unterleib an ihrem frisch bestrichenen Rektum und knete ihre schönen Brüste braun einschmierend, bis sie sich woll-lüstig zu mir umdreht, einen langen Zungenkuss gibt, und wir uns dabei zärtlich die Pos streicheln und beschmieren. Dann führe ich ihr drei ihrer Finger in die eigene Scheide ein, während ich ihren Kitzler reize.

»Tu es ganz langsam und zärtlich«, bittet Mel, die sich währenddessen ein weiteres Stück Kaviar in ihren Mund schiebt und mich damit zärtlich küsst.

»Okay, mein Schatz. Ich tu alles, was du sagst.«, entgegne ich.

Ich beginne damit Melanie einen Finger in ihr Hintertürchen zu schieben. Diese lässt ihre Zunge vor Geilheit über ihre eigenen Lippen wandern. Mel küsst mich.

»Mach es mir vorne! Ganz schnell.«, haucht sie mir entgegen und ich nehme mir mit 2 Fingern ihren Kitzler vor.

Sie schreit ihre Lust nun Himmel hoch jauchzend raus. Sie stöhnt so laut, dass ich ihr ihre eigenen Finger in den Mund stecke, damit die Nachbarn nicht gleich an die Wand des Reihenhauses klopfen. Dann kommt Melanie. Sie verdreht die Augen und ich feuere sie an:

»Ja, komm, los, schrei es raus, lass dich gehen!«

Und Melanie entspricht diesem Wunsch. Sie schreit so laut es ihre Stimmbänder hergeben. Es kommt mir so vor, als würde sie gar nicht mehr aufhören. Dann nimmt sie tief Luft:

»Puh, war das geil!«, stellt sie mit schwerer Atmung fest, grinst und küsst mich.

Wir greifen uns gegenseitig an die Pobacken und reiben diese.

»Das müssen wir unbedingt wieder mal machen!«, erkläre ich.

»Ich bin froh, dass du meine beste Freundin bist!«, entgegnet die Brünette.

»Wir werden noch viele geile Stunden miteinander verbringen!«, fügt sie hinzu und wir geben uns erneut Zungenküsse.

Dann duschen wir uns gegenseitig ab, ich packe meine Sachen zusammen, steige in mein Auto und fahre nach Hause.

## II. Susi und Rebecca - Kaviar am Strand (Susi Schüler 2014)

Mein Name ist Susi. Ich bin süße 18 Jahre alt geworden und habe von meinen Eltern eine einwöchige Reise zu den Malediven geschenkt bekommen.

Ich reiste aber nicht alleine, ich hatte eine deutsche Reisegruppe dabei, der auch eine junge Frau aus Mannheim angehörte. Sie ist 21 Jahre alt und heißt Rebecca, kurz Becki.

Was ich bei Antritt der Reise noch nicht wusste, war, dass Becki und ich dieselben sexuellen Neigungen was die Spielarten Kaviar und Natursekt angeht, besitzen.

Aber wir sollten es bereits am ersten Abend herausfinden.

Auf dem Flug da runter, saßen wir nebeneinander, weil ein netter Mann, der alleine geflogen war, mit mir den Platz tauschte. So konnten wir uns schon mal kennenlernen und ein paar Worte miteinander plaudern. Wir hatten nicht nur dasselbe Hobby, Bogenschießen, sondern auch den selben Arbeitgeber, halt nur nicht in der gleichen Stadt. Da unsere beiden Regionaldirektionen aber zum neuen Jahr zusammengelegt werden sollten, war es gut möglich, dass wir uns künftig öfter mal über den Weg laufen würden. Aufgrund dieser Tatsache konnten wir uns den gesamten Flug und die Zeit, bis zum ersten Abendessen auf der Insel, mit Reden vertreiben.

Abends haben wir dann ordentlich einen getrunken, ich bin ein großer Liebhaber von Cola mit Rum, und Becki schüttete sich „literweise" Cocktails auf Rumbasis rein.
So kommt es natürlich, dass wir Mädels auch zusammen auf Toilette gingen.
Becki setzte sich zuerst und ich blieb in der Kabine stehen, da es hier nur vier Damentoiletten gab, aber heute Abend über 200 Gäste anwesend waren, sodass Frau froh sein konnte überhaupt zeitnah aufs stille Örtchen zu kommen, bevor man die örtliche Flora gießen gehen musste.

Aber damit du dir erst mal ein Bild von uns beiden hübschen Mädels machen kannst, gebe ich dir erst mal eine Beschreibung von uns:

Ich bin 1,69m groß, wiege etwa 52 Kilo, habe relativ lange Beine und eine sportliche Figur mit ganz hellblonden Haaren und hellblauen, großen Augen und habe Körbchengröße 75c.
Becki ist etwas größer als ich, wiegt ungefähr 59 Kilo, hat einen schönen großen Po, eine normale Figur und schwarze, halblange Haare, braune Augen und Körbchengröße 75b.

Sie saß also gerade auf der Toilette und begann ihr kleines Geschäft zu verrichten. Als die ersten Tropfen in die Schüssel liefen, wurde ich sofort feucht. Diese unbekannte und trotzdem so sympathische junge Frau saß vor mir, trug nur, und das meine ich wörtlich, ein weißes Kleidchen, unter dem sowohl ihre Brüste als auch der schmale „Rennstreifen" an ihrem Venushügel zu erkennen waren, und pullerte fröhlich fünf oder sechs Cocktails aus sich heraus.

Am Liebsten hätte ich mir sofort zwischen meine Beine gegriffen und mit meinem Kitzler gespielt. Aber dafür war ich zu schüchtern.

Dennoch kam ich nicht umhin zu bemerken, dass Becki wohl mitbekam, dass es mich erregte, sie so zu sehen. Das erkannte ich an ihrem leicht verschmitzten Lächeln, als sie sich von der Schüssel erhob und mir den Platz freimachte, nachdem sie die Spülung betätigt hatte.

Ich setzte mich, streifte mir das Höschen unter meinem ebenfalls weißen Kleidchen herunter und entleerte mich. Dabei beobachtete ich Becki, die mich weiterhin verschmitzt anlächelte und mit glasigem Blick erklärte, dass wir diese Chance nun verpasst hätten, was sie sehr, sehr schade fände. Ich wollte wissen, was sie meinte und sie entgegnete mir, dass sie wohl nicht die Einzige in dieser Kabine wäre, die gerne schmutzige Spiele spielen würde. Sofort wurde ich knallrot, was ein Leugnen völlig ausschloss. So gab ich es zu und schaute ihr in die Augen. Becki meinte, dass wir es doch dann einfach tun sollten! Wir sollten uns ein ruhiges Plätzchen suchen und uns dann hemmungslos gehen lassen.

Ich war erstaunt über ihre Offenheit und Direktheit. Die faszinierte mich so, dass sofort an den „nackten Mann" denken musste, den ich kürzlich im TV gesehen hatte. Und nun ja, ich kann es nur bestätigen: Bei mir funktioniert der „nackte Mann" scheinbar.

Wir organisierten uns noch eine Flasche Rum, zwei Flaschen Sekt für Becki und noch eine Flasche Cola für mich und dann machten wir uns auf den Weg. Wir suchten nach einem geeigneten, etwas abgelegenen, aber nicht zu abgelegenen, Platz, in der Nähe des Wassers, wo wir unsere versauten Fantasien ausleben und uns danach im Ozean direkt wieder reinigen konnten. Alsbald fanden wir einen solchen Ort. Es war eine kleine Düne, hinter der wir gerade so Platz fanden und vor der eine Gruppe von älteren Leuten, sie waren so Mitte 30, ihrerseits eine lautstarke Party feierten.

Da es noch richtig hell war und unsere Blasen noch auf dem Trockenen lagen, beschränkten wir uns die erste Stunde unseres Hiersein mit dem Trinken des Alkohols, der unter der Sonne eine besonders starke Wirkung erzielte. Dann wurde es langsam dunkel und unsere angeheiterten Seelen verlangten nach etwas mehr Wärme und Nähe, sodass wir anfingen, wild miteinander zu knutschen, während wir uns beide entkleideten.

Wir lagen nun im Sand. Nackt, betrunken und zu allem bereit, was zwei Mädchen ohne Hilfsmittel auf einer fernen Insel, allein im Sand miteinander treiben konnten.

Wir begannen damit, dass wir uns aufeinander legten und uns gegenseitig die Kitzler mit einem Finger rieben. Dann wollte Becki einen Stellungswechsel. Ich

drehte mich um, streckte ihr mein feuchtes Paradies entgegen, spreizte ihre Beine und begann sie an ihrer empfindlichen Stelle zu lecken. Ich schob ihre Schamlippchen etwas beiseite und meine Zunge versank in meiner neuen Freundin.
Sie hingegen lies erst einen, dann zwei schließlich drei Finger in meiner feuchten Höhle versinken.
Im Hintergrund hörten wir immer noch die älteren Leute, die auch um diese Zeit noch nicht fertig mit feiern waren. Sie lachten, unterhielten sich und kamen auch mal ganz nah an uns heran, da am oberen Ende der Düne ein kleiner Busch war, den sie zur Toilette umfunktionierten.
Aber zurück zu uns. Becki war eine gute Liebhaberin. Sie wusste genau, wann sie schneller, wann sie langsamer und wann sie mal ne kurze Pause machen musste, damit es mir nicht schon nach drei, vier Minuten gekommen war.
Auch ich ließ nach einer Weile meine Finger in meine Bekannte hineinwandern. Erst nahm ich nur zwei und dann drei und nachdem sie immer wilder zu keuchen begann, stieg ich von hier herab, sah sie grinsend an und ließ meine ganze Faust in ihr feuchtes Paradies eindringen. Sofort begann sie laut zu stöhnen und mich anzutreiben immer weiter zu machen. Immer tiefer sollte ich in sie vordringen und meine Faust links und rechts herum zu drehen. Sie konnte ihren Unterleib kaum noch im Zaum halten, so ging sie ab. Sie griff sich an eine Brust und spielte mit ihr. Fest kniff sie sich in ihren Nippel und ließ ihrer Lust freien Lauf. Dann, nach kurzer Zeit, kam es ihr schon. Sie

wurde immer lauter und keuchte und stöhnte, was ihre Stimmbänder hergaben. Völlig in unser Spiel versunken, vergaßen wir die älteren Leute. Jedoch – kurz, nachdem Becki ihren Höhepunkt hatte, hörten wir es über uns rascheln. Erschrocken sahen wir nach oben. Dort war ein Mann, der pinkelte. Er schien uns aber nicht zu bemerken. Ich war so überrascht, dass ich meine Faust in Becki verweilen ließ, während wir angespannt nach oben sahen.
Dann aber ging der Kerl wieder zurück zu seiner Gruppe und wir waren wieder alleine.
Erleichtert lachten wir uns gegenseitig an. Meine Hand glitt nun langsam aus meiner Freundin heraus und wir küssten uns. Dabei fasste sie mir an meinem Po. Erst zärtlich streichelnd, dann packte sie fest zu und gab mir einige Klapse und führte ihre langen und echten Fingernägel über mein Gesäß, was mir nicht im geringsten die Lust nahm. Im Gegenteil.

„Du bist aber ganz schön laut gewesen. Gut, dass der uns nicht gehört hatte."

„Warum?", fragte Becki erstaunt wirkend, „Was hast du denn gegen einen guten Schwanz am Strand?"

Und wieder war ich von ihrer Aussage überwältigt und stellte fest, dass ich wohl auch dieses Mal mit dem „nackten Mann" gespielt hätte.

„Bist du immer so laut?", fragte ich schmunzelnd.

„Jaaaaaa. Ich bin ein Schreischwein!", äußerte sie wild kichernd und leicht lallend.

„Ich werde dir den Mund schon stopfen, mein Fräulein!", erklärte ich und sah ihr dabei tief in die Augen und sie verstand sofort, worauf ich hinaus wollte.

Ich ließ meinen Unterleib hinauf zu ihrem Gesicht gleiten und ließ mich erst noch ein wenig lecken, bevor ich mich dann zu ihren Füßen hin umdrehte und meine Pobacken weit auseinanderdrückte. Mein Poloch begann sich zu bewegen und ein erster, kleiner Pubs entwich mir, bevor sich das Löchlein öffnete und meine Liebhaberin sich in freudiger Erwartung einer langen, harten und streng riechenden Wurst laben konnte. Um leichter pressen zu können, beugte ich mich leicht nach vorne und schon erblickte das Köpfchen der braunen Stange das Licht der Welt. Ich drehte meinen Kopf zu Becki um, um erkennen zu können, ob sie es tatsächlich mit dem Mund aufnehmen möchte, und ob ich diesen denn auch treffen würde. Beides war der Fall. Also presste ich meine Wurst mitten in ihren Schmollmund und sie nahm sie freudig auf. Den ganzen Mund füllte ich ihr. Als er bereits am Überlaufen war, nahm sie ihre Hände zur Hilfe und fing den Rest meiner Ausscheidung damit auf.

Da ich manchmal das Pipi nicht einhalten kann, wenn ich Kaviar produziere, liefen mir nun ein paar kleinere Schwälle heraus und plätscherten auf ihren Bauch, was aber niemanden wirklich störte.

Dann hatte ich mein großes, mein wirklich großes Geschäft verrichtet. Als ich es erblickte und mir kurz darüber Gedanken machte, fiel mir ein, dass ich bereits seit 2 Tagen keine Wurst mehr in die Schüssel gedrückt hatte – was für eine glückliche Fügung.

Jedenfalls galt es nun diesen Kaviarberg sinnvoll zu verarbeiten und sich ordentlich damit einzuschmieren. Wir begannen damit, dass sie den Kaviar ihrer beiden Hände gegen meine Brüste drückte und diesen zu verreiben begann, während ich ihrem Mund etwas von der braunen Masse entnahm, um damit meinerseits ihre Tittis zu verschönern.

So verging ein kurzer Moment, indem wir unsere Oberleibe gegenseitig in ein gesundes, herb duftendes Braun verfärbten, bevor ich mich wieder zu ihr herunterbeugte, wir unsere oberen Milchdrüsen aufeinander pressten und uns begannen Zungenküsse mit Substanz zu geben. Der Klumpen Kaviar in ihrem Mund wanderte zwischen unseren beiden Köpfen hin und her und wurde von Mal zu Mal cremiger und flüssiger. Gekonnt vermieden wir es allerdings, dass sich eine von uns verschluckte.

Nachdem wir etwa drei, vier Minuten miteinander „züngelten" nahm ich den weichen Klumpen aus ihrem Mund und rollte ihn über ihren Oberkörper herunter, dahin wo eben noch meine Faust eine feuchte Höhle fand, und begann damit ihre Schamlippen und ihren Kitzler in einer neuen Farbe einzufärben. Sofort wurde sie wieder laut. Sofort war sie wieder richtig feucht und stöhnte auf. Sie winkelte ihre Beine an, genoss das Spiel mit meinem Kaviar an ihrer nassen Stelle und während ich sie noch eine Weile verwöhnte, griff sie nach meiner Rumflasche und goss sich etwas davon über ihre Brust. Als ich das sah, gab ich ihr den Kaviarklumpen in die Hand und begann ihr den feinen Alkohol vom Körper zu schlecken. Natürlich wurde davon auch der etwas trocken gewordene „Wurstbrät" wieder etwas feiner und flüssiger, was dem Kaviar aber eine besondere, eine feinherbe Note gab, die sich wunderbar gegenseitig ergänzten. Nun war auch ich scharf wie Nachbars Lumpi und forderte sie auf, es mir nun so richtig zu besorgen.

Sie fing an mich auf den Rücken zu drehen und mich, wie ich sie eben, mit dem Kaviarklumpen an den Schamlippen zu reizen. Dabei nahm sie aber nicht nur die braune Masse, sondern auch ihre Zunge und abwechselnd auch ihre Finger zur Hilfe. Ich wünschte mir nun, dass sie mir das Braune in mein feuchtes Paradies schieben und es ordentlich verschmieren soll, soweit es ihr möglich war und sie tat es. Sie zerdrückte den kleinen Ball zwischen ihren Händen und führte sie dann langsam in meine feuchte Stelle ein. Besser als jedes Gleitmittel unterstützte der Kaviar hierbei das Eindringen in mich.

Der Gedanke, dass dieser nun komplett in mir drin ist und sich dort verteilt, ließ mich fast schon auf der Stelle einen Höhepunkt erleben, aber ich wollte noch warten. Erst sollte ich etwas verwöhnt werden und auch sie noch schmecken, bevor ich in den siebten Himmel einkehren wollte.

So bat ich sie mir nun ein Geschenk zu machen und mich weiter mit den Fingern zu verwöhnen.

Ähnlich wie ich eben, kam sie meinem Wunsch nach, und drückte mir eine große Menge, wenn auch ziemlich flüssig, ihres Kaviars ins Gesicht, der wegen seiner Konsistenz direkt an meinem Hals herunter auf meine Brüste lief. Als ich genug davon auf mir spürte, nahm ich den Rest mit meinen Händen auf und verteilte es auf ihrem großen Po.

Während sie ihren Darm entleerte, floss auch recht viel Natursekt aus ihr heraus. Dieser hatte einen gesunden, braunen Tatsch, da sie untenherum ja schon schön eingeschmiert wurde. Auch diesen versuchte ich soweit es ging mit dem Mund aufzunehmen und teilweise schluckte ich etwas davon, teilweise spuckte ich ihn ihr aber auch auf den Po und verrieb ihn mit dem Kaviar zusammen, bis sich ihr Hintern und Teile des Rückens komplett dunkel verfärbten und man der Meinung sein konnte, dass das so sein musste.

Je mehr ich mich auf ihrer Rückseite austobte um so mehr näherte ich mich meinem Höhepunkt. Ich stöhnte, ich keuchte, ich bewegte meinen Unterleib und genoss jede Sekunde dieses geilen Spiels, um einem wahrhaft gigantischen Orgasmus entgegen zu kommen.

Soweit war ich aber noch nicht.

Als sie mir nun ihren Po ganz ins Gesicht drückte und ich direkt von der Quelle naschen durfte, war ich im Paradies angekommen. Immer wieder drückte sie noch etwas mehr aus sich heraus und unter meinem Kinn spürte ich nun einen starken Strahl, der mir gegen den Hals schoss.

Nun übermannte mich meine Lust endgültig. Ich begann zu zappeln, zu schreien und packte sie von hinten an ihren Brüsten, während sie mich nun ihrerseits mit vier Fingern verwöhnte und dabei immer mal wieder versuchte meinen Kitzler mit der Zunge reizen.

Ich spürte es. Es kam mir. Es kam mir, wie schon lange nicht mehr. Es kündigte sich schon wie ein Gewitter an und dann durchfuhren meinen Körper regelrechte Stürme von Blitzen. Wie eine gewaltige Welle überkamen mich drei oder vier Orgasmen gleichzeitig und um nicht den gesamten Strand herzubrüllen, vergrub ich mein Gesicht zwischen ihren Pobacken, wo es immer noch ganz herrlich duftete.

Dann hatte ich es „überstanden". Völlig aus der Puste und mit leichten Schmerzen im Unterleib, die sehr angenehm waren, ließ ich meine Anspannung fallen und ließ meine Beine ganz entspannt in den warmen Sand fallen.

Becki verweilte noch einen Moment in ihrer Position und dann drehte sie sich zu mir um und wir legten uns Brust auf Brust aufeinander, begannen uns zu küssen und mussten beide laut lachen.

Dann fiel plötzlich etwas Sand auf uns herab. Becki und ich blickten nach oben und dann mussten wir zwei Männer erkennen, die sichtlich erfreut über das waren, was sie da sehen konnten, aber das ist eine andere Geschichte …

## III. Janine - (Esther Brown 2014)

Mein Name ist Janine. Ich bin 19 Jahre alt, studiere im Saarland Informatik und stamme ursprünglich aus Karlsruhe.
Seit 2010 lebe ich in Saarbrücken, studiere dort und verdiene mir nebenbei ein wenig Geld.
Mein liebster Verdienst ist der, dass ich Männern und Frauen gegen sexuelle Dienste einen gewissen Betrag aus deren Taschen in meinen Geldbeutel wandern lasse.
Hierbei ist es besonders die Spielart Kaviar und Natursekt, die mich besonders reizt, weil ich diese Neigung auch privat sehr schätze und vor etwa vier Jahren lieben gelernt habe.
Meine Kunden lerne ich über diverse Chats, gewerbliche Internetprofile oder auch durch Mundpropaganda kennen.
Damit du dir aber erst mal ein Bild von mir machen kannst, hier eine kleine Selbstbeschreibung:
Ich bin etwa 1,69m groß, wiege stattliche 52 Kilo, habe mittellange, mittelblonde Haare, die ich je nach Geschmack der Kunden auch mal unter einer Perücke verstecke. Meine künstlichen Fingernägel trage ich gerne in den Farben rot oder türkis. Meine beiden Busen werden meist von einem Büstenhalter der Größe 70b gehalten. Mein Po gilt allgemein als knackig und rund, aber nicht übermäßig groß.
Diese ganze Pracht verstecke ich unter einer Jeans, einem lässigen T-Shirt und ein paar Flip-Flops.

Sollte ich aber mal wieder auf dem Weg zu einem Herrn, einer Dame oder einem Pärchen sein, dann trage ich auch schon mal mein schönes, aufreizendes, rotes Kleidchen, welches mein nicht allzu üppiges Dekoltee offen präsentiert, meinen Beinchen sehr schmeichelt und meinen Po im rechten Licht erscheinen lässt. Dazu trage ich dann entweder meine roten Lederstiefel oder einfache, rote Pumps unter halterlosen Strümpfen, die zumeist transparent schwarz sind.

Wie ich meine spezielle Neigung entdeckte, privat auslebe oder wie weit ich da im Einzelnen gehen würde, möchte ich an dieser Stelle jetzt nicht im Detail beschreiben, vielmehr möchte ich hier einige meiner Abenteuer in unregelmäßigen Abständen publizieren, in der Hoffnung, dass eure Fantasie angeregt wird – vielleicht sogar um das eine oder andere Szenario mal nachzuspielen oder zu erleben.

Wichtig wäre es eventuell noch zu erwähnen, dass ich sowohl aktive Spenderin von Kaviar und Sekt bin, als auch passive Empfängerin, wobei ich logischerweise viel öfter empfangen als spenden kann, weshalb ich mein Geld also hauptsächlich mit dem Empfangen des gelben Sektes und der braunen Masse verdiene.

Nun aber genug Vorspiel. Lasset die eigentliche Geschichte beginnen:

Einer meiner Stammkunden ist ein 29-jähriger Mann, der mich zwei oder drei Mal im Monat bucht. Wir treffen uns immer im selben Hotel, zumeist sogar im selben Zimmer. Er möchte ganz bewusst das Bild entstehen lassen, dass er mich bezahlt, weshalb ich

mich für ihn immer besonders auffällig nuttig kleiden muss, was für den jungen Herrn bedeutet, dass ich das rote Kleidchen, die roten Lederstiefel und ein stark „überschminktes" Gesicht zu tragen habe, wenn wir uns gegen 17 Uhr vor dem Hotel treffen. Dann passiert immer wieder dasselbe. Er gibt mir einen Wangenkuss, wie es sich gehört ohne Berührung, dann betreten wir die Vorhalle des Hotels. Er geht zur Rezeption bestellt „das übliche Zimmer für mich und meine kleine Nutte", woraufhin ich vor ihm her zum Zimmer im ersten Stock zu gehen habe. Auf dem Weg dorthin grapscht er schon ordentlich an meinem Arsch herum und greift auch schon mal unter das Kleidchen.
Was mir an diesem, seinem Verhalten, besonders gut abgeht, ist, dass er es so öffentlich macht. Ich weiß nicht, wie er seine Brötchen verdient, aber bis zu dreimal im Monat 500 Öcken für mich zu zahlen und sich so auffällig zu Verhalten, das spricht entweder für einen völlig durchgeknallten Psychopathen oder einen Kerl, der weiß was er will, was er tut und der es auch bekommt.
Wie dem auch sei. Er zahlt und er bekommt von Mami, wofür er Mami bezahlt.
Mami deshalb, weil er möchte, dass ich bei ihm eine bin. Nicht seine, nicht die Mutter seiner Kinder, sondern einfach nur eine in Not geratene Mutter, die sich diese Treffen antut, um ihre Kinder durchzubringen.
Ich fragte ihn nie warum oder wo da nun genau der Kick für ihn liegt. Das geht mich ja auch nichts an.

Nachdem wir im Hotelzimmer angekommen sind, ist es zumeist so, dass er eine mitgebrachte Decke auf das Doppelbett legt, welche er in einem kleinen Koffer aufbewahrt. Meine Aufgabe ist es, die im Zimmer vorhandene Bettwäsche unter das Fußende des Bettes zu legen und es mir dann auf dem Bett gemütlich zu machen.

Mein Freier trägt scheinbar immer denselben hellgrauen Anzug, darunter ein weißes Hemd mit einer blaugrauen Krawatte, hellgraue Strümpfe und schwarze Lederschuhe. Seine Haare sind kurz und dunkelbraun. Sein Köperbau ist muskulös – nahezu athletisch, etwa 1,85m groß und seine gesamte körperliche Erscheinung ist sehr, sehr gepflegt. Sein erigierter Penis ist etwa 4 Zentimeter dick und etwas länger als der Durchschnitt.

Unser Spiel beginnt zumeist so, dass ich mich angezogen, in erwartungsvoller Körperhaltung auf das Bett lege und er sich dann zu mir auf die Kante setzt, mein Gesicht langsam zu sich zieht und mir dann erst mal einen sehr zurückhaltenden Kuss auf die Lippen gibt, der sich mit jeder Wiederholung immer mehr intensiviert und dann in einem leidenschaftlichen Spiel der Zungen mündet.

Dann beginnt das, wofür er bezahlt hat:

„Du machst mich so an, Mutti! Allein schon, wenn ich deinen geilen Körper in diesem engen Kleid sehe, platzt mir die Hose."

„Dann solltest du sie ausziehen, bevor das gute Stück noch kaputt geht."

„Das musst du mir nicht zweimal sagen, du geile Nutte."

„Dann mach. Ich warte schon den ganzen Tag darauf, dass du es mir endlich besorgst. Wir müssen uns eh etwas beeilen, weil ich in einer Stunde bei meinen Eltern sein muss. Sie wollen, dass ich die Kinder heute vorm Abendessen abhole, weil sie in einem Restaurant reserviert haben."

„Das ist mir scheißegal, du kleine Sau! Ich nehme mir die Zeit, die ich brauche, um es dir so richtig geil zu besorgen und mir das zu nehmen, wofür ich dich bezahle, hast du das verstanden!?", bemerkt er streng, während er seine Schuhe und seine Hose auszieht.

„Ich weiß, mein Liebling. Du gibst den Ton und die Geschwindigkeit an. Ich bin deine Lustsklavin, die sich dir willenlos hingibt und dir das gibt, was du dringend brauchst – egal wie lange es dauert."

„So ist es richtig, Mutti! Genauso will ich das von dir haben.", antwortet er mir, und setzt sich auf mich.

Er sitzt nun mit gespreizten, nach hinten abgewinkelten Beinen auf meinen Unterschenkeln und greift mit beiden Händen an meine Knie. Dann packt er an den unteren Bund meines Kleidchens und lässt es langsam nach oben gleiten, bis er erkennt, dass ich kein Höschen trage und frisch rasiert bin.

„Zieh dich bitte vollständig aus und blas mir meinen geilen Schwanz, Mutti!", fordert er mich auf.

Ich gehorche, ziehe mein Kleidchen aus und beuge mich zum kleinen Kumpel meines Freiers. Sofort beginnt dieser laut zu stöhnen, packt meinen Hinterkopf, zieht an meinen Haaren und bewegt meinen Kopf hin und her. Mit jeder Bewegung spüre ich wir er seine kleine Rakete hochfährt und für den Start bereit macht. Ich sauge, ich lutsche, ich züngel und er vergeht in seiner Lust.

„Du geile Mutti, du geile Mutti!", stöhnt er immer wieder.

Dann, als sein Schwanz wie eine „1" steht, greift er meine Haare etwas fester und schleudert mich zurück. Ich liege nun vor ihm – auf dem Rücken und erwarte, was er als Nächstes tut. Er stellt sich auf und beobachtet mich. Dabei reibt er grinsend an seinem Teil herum. Ich spreize meine Beine, zeige ihm mein rasiertes Freudenloch, öffne es ihm und beginne mich langsam zu fingern.

„Ja, mach mich heiß, Mutti!", haucht er.

Dann setzt er sich mit seinem Po über meine Titten und dreht sich so, dass er meine Fingerei sehen kann.
An seinem sich öffnenden Poloch kann ich erkennen, dass er jetzt soweit ist, mir ein braunes Geschenk zu machen. Während er langsam drückt, reibt er seinen Penis schneller. Um aber nicht direkt abzuspritzen, hält er ein, als die braune Masse sich ihren Weg in die Freiheit bahnt. Ich höre auf mich zu fingern und lasse meine Hände die Brüste etwas auseinanderhalten,

damit die braune Stange sich zwischen ihnen niederlassen kann.

Und so geschieht es dann auch. Ächzend und drückend schafft er seinen Darminhalt auf meinen Oberkörper. Langsam, dick, fest und lang befreit sich die braune Wurst aus den Gedärmen meines Spenders und lässt sich auf meiner rechten Brust und dem Ort zwischen meinen Tittis nieder. Sie riecht streng und ich kann kleinere Pilz- und Paprikastücke erkennen, die der braunen Masse einen bunten Touch geben.

Als er seinen Darminhalt rausgepresst hat, dreht er sich zu mir um und steht wieder auf. Er platziert sich über meinem Becken, beginnt seinen Penis erneut in die Hand zu nehmen und betrachtet mich, während er mit sich selbst spielt und dabei glücklich lächelt.

„Verreib es auf deinem geilen Titten, Mutti! Verreib es und sag mir, wie sehr du meine Kacke auf dir genießt!", verlangt er und ich gehorche.

„Es riecht so geil und turnt mich so sehr an, deine Scheiße auf meinen geilen Titten zu spüren, du edler Spender. Ich genieße jedes Gramm deiner braunen Masse auf mir.", erkläre ich, während ich die Ausscheidung auf meinen beiden Brüsten verreibe und es auch darunter über meinen Bauchnabel streiche.

Dabei grinst mein Spender und reibt sich sein Genital.

Dann beugt er sich über mich und lässt seine Eichelspitze in mein feuchtes Paradies eindringen. Hierbei nähert er seinen Kopf an meinen, gibt mir einen Zungenkuss, stöhnt mich aufgegeilt an und drückt seinen blanken, unbehaarten Oberkörper auf meine Titten und beginnt sich zu bewegen. Sowohl vollzieht er nun den Akt, als auch sich selbst auf mir zu reiben, um so seinen Kaviar auf sich selbst zu spüren. Von Stoß zu Stoß dringt er tiefer in mich ein. Von Sekunde zu Sekunde wird er nochmals größer in mir. Jede Bewegung macht mich geiler und lässt mich einem schnellen Höhepunkt, der wiedereinmal gewaltig sein wird, näherkommen. Auch der Mann wird immer erregter. Immer schneller stößt er zu. Immer intensiver werden unsere Laute. Während er mich wie ein Zuchtkaninchen rammelt, packe ich ihm mit meinen versauten Händen an die Pobacken und greife tief hinein. Den Schmerz den meine Fingernägel hierbei bei ihm hervorrufen erregen ihn noch mehr. Stöhnend teilt er mir mit, dass ich ihn fester packen und mit seinen Backen spielen soll. Ich tue es und genieße hierbei den Geruch seines Kaviar noch mehr, indem ich etwas davon mit einem Finger unter meine Nase reibe. Es ist ein herrliches Gefühl, seinen Schiss so sehr wahrzunehmen.

Dann möchte er die Stellung wechseln. Er liegt nun unten und ich reite auf ihm. So kann er nun meinen verschmierten Oberkörper sehen und mir an die Brüste packen, während ich wild auf ihm reite. Immer mal wieder popelt er dabei etwas von dem grünen und roten Paprika ab und steckt es mir in den Mund. Genüsslich sauge ich es ihm vom Finger und lasse mir dabei auch die braune Masse, die sich daran befindet, schmecken. Während er meine Nippel leicht quetscht und an ihnen zieht oder sich etwas aufrichtet, um daran zu saugen, kommt es mir das erste Mal für diesen Tag. Es ist ein wahrer Höhepunkt. Während ich wild und schnell auf meinem Hengst reite, packe ich mir selbst an die Brüste, drücke sie etwas und führe mir dann vier braune Finger in den Mund ein und lecke sie ab, damit ich nicht vor Geilheit das ganze Hotel lauthals zusammenbrülle.

Als mein Spender erkennt, dass ich im siebten Himmel schwebe, grinst er zufrieden und beginnt seinerseits lauter zu hecheln, und damit es ihm noch nicht kommt, lasse ich meinen Höhepunkt langsam auf ihm ausklingen und höre dann auf mich zu bewegen. Ich beuge mich zu ihm vor und wir beginnen uns wild zu küssen. Nun ist er es, der meinen Po packt und ihn wild knetet und einsaut. Dabei fragt er mich, ob ich nicht pinkeln könnte, was ich bejahe.

„Da gibt es mir direkt von der Quelle!", fordert er und ich begebe mich mit meinem Unterleib auf seinen Mund, wo ich alsbald meine heiße Quelle öffne und sein gieriges Verlangen nach meinem Sekt zu stillen beginne.

Jeden einzelnen Tropfen meiner Flüssigkeit schluckt er in sich herunter, damit ja nichts daneben läuft. Er will alles. Er will immer alles. Es ist ein harter Strahl, der sich da in seinen Rachen ergießt. Fast eine Minute lang sprudelt das warme Nass aus meinem Unterleib, bevor es anfängt etwas weniger zu werden. Aber mein Freier hat noch nicht genug. Er hebt seinen Kopf leicht und beginnt mich zu lecken und auch den letzten, noch so kleinen Tropfen aus mir herauszusaugen, während er weiterhin meine Pobacken angrapscht und mit ihnen spielt. Mal zärtlich streichelnd, mal heftig ranpackend tut er dies, bevor er mir mit einem recht starken Klaps signalisiert, dass ein weiterer Stellungswechsel ansteht, und ich mich von ihm erheben soll.

Ich gehorche. Ich steige von ihm herab und gehe in die Hündchenstellung, wobei ich mich bemühe, ihm mein Hinterteil so hoch wie möglich entgegenzurecken.

Denn ich weiß, was jetzt kommt!

Er nimmt sein hartes Rohr, während er mein Poloch sanft mit einer Gleitcreme einreibt und langsam, erst mit einem und dann mit zwei Fingern, zu dehnen beginnt. Dann küsst er meine Pobacken und reibt noch etwas Kaviar darauf, bevor er dann in mich eindringt – allerdings nicht um mich anal zu befriedigen, sondern um mir in meinen Po zu pinkeln. Und schon passiert es. Erst langsam und dann dringt immer mehr seiner gelben Flüssigkeit in meinen Körper ein. Ich spüre, wie sich mein Darm langsam füllt. Ich stöhne. Er sagt, dass er weiß, wie sehr mir dies gefallen würde, gibt mir mit einer Hand abwechselnd einen Klaps auf mein Gesäß und zieht leicht an meinen Haaren. Wie sehr ich dies genieße, zeige ich ihm durch immer lauter werdendes Stöhnen.

Dann zieht er seinen Schweif aus meinem Anus, dreht mich herum und nässt nun meinen Oberkörper mit seinem Sekt ein.

Er muss heute besonders viel getrunken haben, bevor er mich getroffen hat, denn soviel Urin habe ich von ihm noch nie gespendet bekommen.

Der bereits eingetrocknete Kaviar verflüssigt sich nun wieder etwas, und während ich mein Poloch zusammenkneife, um ja nichts entweichen zu lassen, beginne ich erneut den Kaviar auf meinen Brüsten zu

verreiben. Dann versiegt seine Quelle und während ich mit mir und seinem Geschenk spiele, beginnt er erneut damit sich selbst zu reiben.
„Es macht mich richtig geil, dich so zu sehen!", sagt er erregt und beugt sich zu mir herunter um sich ein weiteres Mal mit seinem Oberleib an meinem zu reiben und seinen Kaviar auf sich zu verschmieren.

Daraufhin bittet er mich, dass ich mich mit meinem Po voran auf seinen Bauch setze und ihm meinen Darminhalt gegen den Kopf drücke.
Gesagt – getan. Langsam öffne ich meinen Anus und lasse mein stark unter Druck stehendes Poloch den Selbigen abbauen. Erst kommt nur Flüssigkeit – eine Mischung aus seinem Urin und ein paar kleinere Bröckchen Kaviar – dann aber spüre ich wie es immer mehr und immer härter wird.
Dann ist es soweit, dass auch ich ihm meine nicht ganz so feste, lange braune Wurst gegen das Kinn und auf seinen Hals drücke. Dabei entweichen mir immer wieder ein paar strenge Fürze, die er merklich erregt in seine Nase einzieht.
Während ich mein großes Geschäft auf ihm verrichte, zieht er mich etwas näher an sich heran, um mich etwas mit meinem eigenen Kaviar einzuschmieren und den Rest meiner Wurst, direkt von der Quelle, mit seinem Mund aufnehmen zu können.
Hierbei muss ich auch ein kleines bisschen Pipi machen, was aber niemanden wirklich stört. Ich spüre, wie es sich zwischen meinen Oberschenkeln und seinem Bauch seinen Weg auf die Decke bahnt.

Dann habe ich meinen Darm entleert und drehe mich zu meinem Freier um. Ich grinse. Er grinst. Ich beuge mich zu ihm herunter und wir küssen uns erneut. Er packt meine Wurst, welche sich auf seinem Hals befindet, teilt sie auf seine beiden Hände auf und klatscht sie auf meine Pobacken. Ich küsse ihn intensiver. Er spielt mit und verreibt alles, was er in Händen hält. Ich spüre, wie warm es noch ist und genieße den Geruch, der sich ausbreitenden Düfte. Während er dies tut, lasse ich meine feuchte Stelle auf seinen Schweif gleiten und beginne erneut ihn zu poppen. Immer schneller bewege ich mich, damit mein geiler Hengst auch seine Entspanung finden kann. Er gibt mir gelegentlich ein paar Klapse auf den Po, fasst mir an die versauten Brüste und steckt mir ein paar seiner Finger in den Mund, damit ich sie ihm sauber saugen kann, woraufhin er erneut an meinen Po greift und sie erneut einsaut. Dabei wird sein Stöhnen immer intensiver. Sein Penis ist jetzt kurz vorm explodieren und auch ich spüre einen erneuten Vulkan in mir erbeben. Ich werde schneller, er stöhnt lauter, beschimpft mich als geilste Nutte, die er kennt und so kommen wir beide fast gleichzeitig und völlig eingesaut in den siebten Himmel der Lüste und genießen den Moment, als wir unsere Höhepunkte erreichen, bevor wir dann völlig außer Puste auf uns niedersacken, immer noch am Stöhnen und Schnaufen sind, bevor wir uns dann leidenschaftlich, gegenseitig auf dem Bett liegend, umarmen und uns am eben erlebten erfreuen …

## IV. Kaivar Schwestern (Andrea Schüler 2014)

Mein Name ist Andrea. Ich bin 28 Jahre alt und lebe mit meiner sehr guten Freundin Miriam zusammen in einer kleinen 3-Zimmer-Wohnung in Berlin. Wir kennen uns seit meiner Schulzeit und hatten schon immer ein besonders nahes Verhältnis zueinander. Sie ist 35 und arbeitete damals in einer Kneipe hinter der Theke. Vor sieben Jahren zogen wir zusammen in diese Wohnung und sind seitdem ein festes Paar.

Neben vielen Dingen, die uns unterscheiden, verbinden uns besonders die Vorliebe für Kaviar und Natursektspiele sowie unsere großen Brüste. Miriam hat Größe 90h und ich 80g.

Weiterhin bin ich etwa 1,75m groß, wiege 76 Kilo, habe dunkelbraun gefärbtes, halblanges Haar und blaugrüne Augen.

Meine Freundin Miriam ist etwas größer als ich, wiegt etwa 110 Kilo, hat blond gefärbte, lange Haare und blaue Augen.

Da ich von früher her ein Kind habe, müssen wir uns halt, was das Sexuelle angeht, immer etwas arrangieren, damit meine Tochter Emily das alles nicht mitbekommt.

Aus diesem Grund genießen wir es sehr, wenn meine Kleine mal ein Wochenende bei meinen Eltern verbringen darf.

Und von genauso einem Samstagabend möchte ich euch nun erzählen.

Wenn wir alleine sind, machen wir es uns erst mal im Schlafzimmer gemütlich. Die Inkontinenzmatte und eine spezielle Decke für solche Spiele haben wir dann schon unter der normalen Bettwäsche vorbereitet. Wir haben dann ein paar Duftkerzen auf den Nachtschränkchen und zwei, drei Flaschen Sekt vorbereitet.

Zuvor waren wir ausgiebig bei unserem Lieblingsitaliener und der dazugehörigen Eisdiele essen, damit unsere Bäuchlein auch anständig gefüllt sind.

Dann setzen wir uns nackt nebeneinander in eine Betthälfte, nehmen uns in den Arm und genießen einen schönen Horrorfilm oder eine amüsante Komödie, während der wir unsere Sektflachen leeren und vielleicht auch mal noch eine oder zwei mehr dazuholen, um unseren Durst vom scharfen Essen zu stillen und unsere Blasen anständig zu füllen.

Wenn der Film dann kurz vor seinem Ende ist, beginnt zumeist Miriam, mich zärtlich am Hals und dann aufwärts, zu küssen.

Ich greife mir dann eine ihrer großen Brüste und spiele mit ihr. Erst wird sie etwas gestreichelt, dann nehme ich den Nippel in den Mund und beginne an ihm zu saugen. Manchmal knabbere ich auch etwas daran, was bei Miriam zur Folge hat, dass sie ihre glasigen Augen schließt und ein leichtes Stöhnen anfängt, was in intensiveren Küssen, letztlich auch in Zungenküssen endet. Wir umarmen uns dann und wir beginnen im Bett herumzurollen. Mal ist sie oben, dann ich.

Letzten Samstag hatte sich Miriam ein neues Spielzeug schicken lassen, womit sie mich in der Nacht überraschte. Es war ein 28cm großer und 5cm dicker Strapon. Als ich diesen Lümmel sah, bekam ich sofort leuchtende Augen. Noch nie hatte Miriam mich wie ein Kerl genommen. So dauerte es noch keine Minute, bis ich mit ordentlich Gleitcreme versehen war, sie sich das Ding angezogen hatte, es ebenfalls eincremte und ich in der Hündchenstellung, brav meinen Unterleib in Richtung meiner Freundin reckte.

Erst fasste sie mir zaghaft an die Hüften und drang dabei vorsichtig in mich ein. Was für ein geiles Gefühl. Dann begann sie mich langsam u stoßen. Jede Bewegung machte mich geiler. Jedes Zucken meinerseits erwiderte Miriam mit einem stärkeren Stoß, sodass es nicht lange dauerte, bis sie mich richtig fest bei den Hüften packte und mich ordentlich rammelte. Immer schneller wurde sie, immer heftiger wurde das Gefühl gleich zu explodieren. Ich begann zu schreien vor Lust und meine Freundin verlangte immer mehr von ihrer „kleinen Ficksau". Immer lauter sollte ich meine Lust hinausschreien. Als sie dann noch anfing mir den Po zu versohlen und über meinen Rücken zu kratzen konnte ich mich nicht länger beherrschen.

Es kam mir so schnell und so heftig wie in den letzten zehn Jahren noch nicht.

Schweißgebadet und eigentlich schon fertig mit den Kräften schob ich den großen Spielkameraden aus mir heraus, drehte mich auf den Rücken und zog Miriam an ihren Haaren zu mir herunter. Wir küssten uns leidenschaftlich und öffneten erst mal die vierte Flasche Sekt, da wir beide großen Durst hatten. Mein

Unterleib tat mir schon etwas weh, weshalb ich nun an der Reihe sein wollte, Miriam zu verwöhnen. Sie legte sich nun ihrerseits vor mich, winkelte ihre Beine an und begann damit sie zu lecken.
Mal reizte ich ihren Kitzler und mal ließ ich meine Zunge über ihre Schamlippen gleiten. Den Strapon hatte sie bisher noch nicht ausgezogen.
Als ich ihn ihr abnehmen wollte und das Gummiband, welches dem Gerät zwischen ihren Beinen halt bot, beiseite schieben wollte, fragte sie mich, ob ich denn immer noch Durst hätte, und ob es vielleicht etwas warmer Sekt sein dürfte?
Ich grinste und stimmte dem natürlich zu. Selbstverständlich wollte ich ihren Sekt direkt von der Quelle empfangen. So schob ich das kleine Gummiband zur Seite und ging mit meinem Mund ganz nah an Miriam heran.
Dann begann es. Erst kamen ein paar kleine Tröpfchen, dann wurde es etwas mehr und schließlich kam ein kräftiger Strahl, den ich gar nicht schlucken konnte, weil er mit soviel Druck aus meiner Geliebten heraus schoss. Also hob ich ihren Unterleib etwas an, ließ sie mir auf die Brüste pinkeln und zu guter Letzt bewegte ich sie so, dass sie sich selbst die Titten einnässte. Als ich währenddessen spürte, wie ihr gelber Sekt an mir herunterfloss, wurde ich sofort wieder geil, und als ich sie dann in ihrer eigen Lache liegen sah, gab es kein halten mehr für mich. Das innere Feuer meiner Lenden war wieder entfacht. Und so wollte ich nun etwas machen, was ich schon tausend Mal in diversen Pornofilmen gesehen habe.

Ich setzte mich über den Strapon, den ich vorher nochmal richtig an ihr befestigt hatte, schmierte ihn erneut mit Gleitcreme ein und ließ in langsam in mein Poloch eindringen. Ganz langsam ließ ich meinen Anus mit dem Plastikschwanz Bekanntschaft schließen, bevor ich ihn dann heftiger zu reiten begann.

> „Ich will ihn vollscheißen!", hauchte ich meiner Freundin kurz darauf entgegen.
>
> „Dann mach!", sagte sie erregt.

Dann fing ich an zu drücken. Immer wieder presste ich meinen Darminhalt gegen den künstlichen Schweif und damit es mehr aus mir heraus schaffte, ließ ich ihn auch mal ganz aus mir herausgleiten und so berührten Teile meiner dunkelbraunen, nicht allzu festen Wurst die Spitze des Spielzeuges, was sich dann bei dem folgenden Ritt völlig braun färbte und sich nun auch leichter benutzen ließ.

War das ein geiles Gefühl, zu wissen, dass ich von einem verschissenen Schwanz, der meiner Freundin gehörte, gefickt wurde.

Während ich mich mit dem großen Freudenspender amüsierte, spielte Miriam mit meinen Brüsten und insbesondere mit meinen Nippeln. Sie streichelte sie und zog sie lang. Diese kleinen Schmerzstöße machten mich nur noch geiler. Abwechselnd hierzu fasste sie mir auch an meinen Po und half mir, mich zu bewegen. Mit ihren langen Fingernägeln grapschte sie in meine Backen und machte mir kleine Striemen.

Als ich immer noch mehr Kaviar aus mir herauspressen wollte, der Strapon aber „voll" war, stieg ich von ihm herab und drehte meinen Po zum Gesicht meiner Freundin. Mit einer Hand packte ich mir den Schwanz und begann ihn tief zu blasen und zu reiben, während ich meiner Freundin meinen guten Kaviar ins Gesicht drückte. Gierig nahm Miriam ihn auf, schluckte ihn teilweise und verrieb ihn über meinem Po, den Oberschenkeln und dem Rücken.

Als ich die Wärme spürte, begann ich erneut feucht zu werden, wollte aber nicht schon wieder poppen. Jetzt sollte Miriam so langsam mal zu ihrem Spaß kommen.

So zog ich ihr den Strapon aus, machte ihn mir zurecht und nahm sie von vorne, wie ein Kerl mit angewinkelten Beinen. Meinen Oberkörper legte ich zwischen ihre dicken Oberschenkel und mit meinem Mund züngelte ich mit ihr.

Als ich die braune Plastikstange in sie einführte, verdrehte sie ihre glasigen Augen und packte mich am Po, damit ich noch tiefer in sie eindringen konnte. Sie stöhnte lustvoll und ich genoss den Geschmack meines Kaviars in ihrem Atem und leckte ihr die Lippen etwas sauber und ließ die braune Masse in meinem Mund zu einem feuchten Klümpchen werden, den wir uns beim Küssen immer wieder hin und her schickten.

Immer schneller rammelte ich sie. Immer heftiger wurden Miriams Bewegungen und ich spürte, dass sie ihrem Höhepunkt näher kam, was ich aber noch nicht wollte.

So ließ ich den Schwanz aus ihr herausgleiten und bat sie, sich umzudrehen, sodass ich sie von hinten nehmen konnte.

Gesagt – getan. Miriam drehte sich um und ich drang erneut in ihr feuchtes Paradies ein. Auch ich packte sie kräftig an ihren üppigen Hüften und sie begann wie eine alte Dampflok zu schnaufen, als es ihr so langsam kam. Immer wieder griff sie sich dabei an ihre Brüste und zog und zerrte an ihren Nippeln, um ihre Lust noch mehr zu steigern, bevor sie dann wirklich zu ihrem ersten Höhepunkt an diesem Abend kam. Sie grunzte, schnaufte, stöhnte und schrie sich in den siebten Himmel und ihre Bewegungen wurden so stark, dass ich es beinahe nicht mehr geschafft hätte den Strapon in ihrem Körper zu lassen, aber letztendlich packte ich sie doch noch und sie konnte ihren Orgasmus in Gänze erleben.

Kurz, nachdem sie es hinter sich gebracht hatte, sank sie erschöpft nieder. Sie drehte sich um und ich legte mich auf sie. Ihr Herz schlug, wie ich es noch nie erlebt hatte, der Schweiß stand ihr nicht nur auf der Stirn, sondern lief bächeweise an ihr herunter. Überall wo er hinkam, verflüssigte er den Kaviar an ihr etwas und der Geruch desselben stieg mir in die Nase.

Ich hatte immer noch nicht genug. Ich wollte mehr – und ich sollte es bekommen.

Aber zuerst einmal tranken wir noch eine Flasche Sekt leer, während wir uns zärtlich liebkosten, über die Brüste streichelten und etwas mit unseren Nippeln spielten.

Da ich den Strapon immer noch trug, zog Miriam ihn mir nun aus und wir legten unseren neuen besten Kumpel beiseite. Meine Gespielin setzte sich nun auf meinen Bauch und ich hörte, wie sie das Drücken

begann. Zuerst entwischen ihr ein paar leise Pübse, dann öffnete sich ihr Poloch und heraus trat eine gewaltige, fluffige, hellbraune Wurst, die sich gut dreißig Zentimeter lang über meinen Bauch schlängelte.
Richtig stolz war meine Freundin, als sie erblickte, was sie da auf die Welt gebracht hat. Ich richtete meinen Oberkörper etwas auf und Miriam brach mir ein Stück ihrer Wurst ab und ließ dieses auf zwei Fingern in meinen Mund wandern.
Der Kaviar schmeckte feinherb, war noch ganz warm und erfreute meinen Gaumen aufs Höchste. Genüsslich kaute ich es zu einem feinen Brei, während die Spenderin anfing mir den Bauch einzuschmieren und auch sich selbst nochmal ein wenig davon zu gönnen und ihre Brüste damit noch brauner zu streichen, als sie ohnehin schon waren.
Dann kam sie wieder etwas näher und wir küssten uns. Erneut ließen wir den Brei in unserem Mund hin und her wandern. Erneut genossen wir den feinen Kaviar und spielten uns dabei an den Brüsten herum.
So ging das nun eine ganze Weile hin und her. Wir küssten uns, verrieben die braune Masse aufeinander und als wir schließlich einfach nur noch glücklich übereinander lagen, total braun, herb riechend und völlig erschöpft, spürte ich einen starken Druck auf meiner Blase.
Ich machte Miriam den Vorschlag, dass sie sich erneut auf den Rücken legen und ihre Beine Spreizen soll. Dann würde ich mich über ihren Unterleib stellen und

sie ordentlich mit Sekt begießen, wovon sie sofort begeistert war.

Also tat ich es. Ich stellte mich vor sie, und da es das erste Mal an diesem Abend war, dass ich mir den Druck von der Blase nahm, kam sofort ein kräftiger, gelber Strahl der auf das braune, feuchte Paradies meiner Partnerin klatschte, den Kaviar fast schon direkt abwusch und als ich meinen Sekt dann langsam über ihren Bauch, hinauf zu den großen Brüsten meiner Liebsten, bis hin zu ihrem Mund laufen ließ, beugte sie sich gierig vor und nahm alles auf, was sie bekommen konnte. Zum Teil ließ sie es an ihrem Kinn hinunterlaufen, zum Teil spuckte sie es aber auch auf mich zurück, sodass wir beide wieder recht schnell völlig durchnässt waren, und sich unter Miriam ein kleiner See aus Sekt bildete. Als meine Quelle kurz vorm Versiegen war, hockte ich mich auf den Mund meiner Freundin, die mich daraufhin nicht nur aussaugte, sondern auch damit begann mich zu züngeln und es mir so noch ein weiteres Mal kommen ließ. Ich saß auf ihrem Gesicht und krallte mich mit meinen versauten Händen in unserer dicken Tapete über dem Bett fest. Dass es hier einer Auswechslung bedürfen werde, war mir in dem Moment aber egal. Ich hätte nie gedacht, dass sie Anwesenheit eines Schwanzes, wenn auch nur aus Plastik, in unserem Schlafzimmer, eine solche Wirkung haben würde, aber es war so. Erneut kam es mir recht heftig und schnell. Erneut war ich schweißgebadet und meine Lustschmerzen im unteren Bereich waren noch etwas heftiger, aber es war mir egal. Diese Nacht war die Beste meines bisherigen Lebens.

Als ich nun wieder etwas zu Atem kam, ließ ich mich an meiner Freundin heruntergleiten, bis wir Brust auf Brust und Mund auf Mund übereinanderlagen, inmitten eines nassen Sektmeeres, feuchten Körpern die feinherb dufteten und wir küssten uns noch eine ganze Weile, bis wir dann irgendwann erschöpft einschliefen ... .

## V. Das Picknick: Sekt und Kaviar 2 (Esther Kiara de Angelo 2013)

Es war der letzte Sonntag im August. Melanie und ich haben uns zu einem gemütlichen und romantischen Picknick am Rand unseres örtlichen Wäldchens verabredet. Wir wollten einen letzten, schönen Nachmittag im Sommer verbringen, dabei gemütlich ein bisschen Wein trinken, was feines essen und uns dann unserer Liebe hingeben und uns ein wenig unter freiem Himmel einsauen.

Wir trafen uns gegen 14 Uhr bei ihr zu Hause und bereiteten uns ein Körbchen mit Leckereien zu. Wir machten uns einen leckeren Nudelsalat, kleine Sandwichhäppchen und gegen das allgegenwärtige Austrocknen nahmen wir uns drei Flaschen vom roten Weine mit. Dann verpackten wir noch eine alte Decke und schon ging es los.

Als wir ankamen, schien die Sonne wonnig und wir entschieden uns für eine runde Sonnenbaden ohne Streifen und genossen dazu die erste Flasche vom köstlichen Wein.

Dann, zwei Stunden später, öffneten wir bereits die dritte Flasche und verköstigten unser mitgebrachtes Essen.

Wir hatten alsbald auch die dritte Weinflasche ausgetrunken, waren also schon etwas beschwingt, und durch das viele Essen stellte sich ein heftiges Magendrücken ein.

Trotzdem begannen wir erst einmal damit, uns in eine geile Stimmung zu versetzen. Wir knutschten und streichelten uns gegenseitig von oben bis unten. Wir züngelten und drückten unsere Brüste aufeinander. Ich lag unten auf der Decke und zwischen unseren Körpern drückte sich ein angenehmer Lufthauch hindurch, der unsere Nippel steif werden ließ. Auch der leichte Hauch, der gegen meine Unterleibsöffnung wehte, immer wenn ich meine Beine etwas auseinander-drückte, erregte mich zusätzlich. Melanie lag nun auf mir. Dann winkelte sie während unserer Küsserei die Beine an und hob ihren Po etwas in die Luft.

»Sollen wir anfangen?«, fragte sie mich.

»Wenn schon, denn schon!«, erwidere ich und wir lächeln uns an, »Musst du denn schon?«

»Oh ja, meine Blase ist kurz vorm platzen.«, klärt sie mich auf und ich bitte sie sich umzudrehen.

Sie tut es und schon kann ich ihren warmen Sekt auf meinem Bauch und meinen Brüsten spüren - wie er von meinen Beinen herab, auf den Stoff läuft und sich unter mir eine nasse Lache bildet.

»Das fühlt sich so geil an.«, bemerke ich lächelnd und gebe ihr Küsse auf ihren Po, während sie ihren harten Strahl weiter gegen meinen Oberkörper laufen lässt.

»Macht es dich auch so geil, wie mich?«, erkundige ich mich bei ihr.

»Ich liebe es, es draußen zu machen!«, klärt sie mich auf.

»Ich ebenfalls!«

»Wow! Ich sage es ja immer! Du bist eine Sau! Eine richtig geile Sau!«

»Ich habe nie etwas anderes behauptet, meine liebe Melanie.«

»Jetzt will ich aber auch dein BRAUNES Gold auf mir spüren!«, verlange ich.

»Wie hättest du es denn gerne?«, erkundigt sich Melanie.

»Ich will, dass du mir deinen Kaviar auf den Bauch drückst.«

»Ich will dir auf die Brüste kacken!«

»Das ist auch in Ordnung.«, erkläre ich.

Umgehend fing sie an eine große, braune Wurst auf meine Brüste zu drücken. Sie hatte eine schöne mittelbraune Farbe und eine recht weiche Konsistenz, aber ohne ihre Form zu verlieren. Als nichts mehr aus ihr herauskam, drehte sie sich um, und bewunderte ihre Arbeit. Sie nahm ihre beiden Hände und verteilte ihre braune Masse auf meinen Titten und meinem Hals.

»Ich will es schmecken, du geile Sau!«, sagte ich lüstern und sie reichte mir ihre braun verschmierten Hände an meinen Mund.

Gierig beugte ich meinen Kopf vor und leckte ihre Handflächen ab. Die völlig durchnässte Decke tat sein übriges, mich total zu erregen. Dann fing auch Melanie an, an einer ihrer Hände zu lecken und alsbald gaben wir uns wilde, braune Zungenküsse. Wir schmeckten ihren Kaviar in unseren Mündern und wir genossen es uns gegenseitig zu verschmieren.

Kurze Zeit darauf waren wir beide total braun an unseren Oberkörpern und wir leckten uns abwechselnd die Brüste und saugten an unseren verschmierten Nippeln. Dann wechselten wir die Positionen. Melanie legte sich mit dem Rücken auf die Decke und ich setzte mich aufrecht auf ihren Bauch. Ich rieb meine nasse Fotze auf ihrem braunen Oberkörper und rutschte dann hinauf in ihr Gesicht und ließ mich von ihr lecken. Ich genoss es sehr ihre Zunge an meinen kaviarbedeckten Lippen zu spüren. Dann begann ich ein paar kleine Tröpfchen feinsten Sektes in ihren Mund laufen zu lassen, die sie gierig aufnahm und herunterschluckte. Dann stand ich auf und stellte mich über sie, um sie richtig vollpinkeln zu können. Immer wieder ließ ich meinen Strahl auf ihr Gesicht und ihre Brüste laufen, wo er dafür sorgte, dass der Kaviar wieder etwas weicher wurde, damit sie ihn sich neu verreiben und in den Mund stecken konnte. Dies erregte mich so sehr, dass ich noch während des Urinierens anfing meine Klitoris zu reizen und laut zu stöhnen begann.

Als meine Quelle versiegte, war ich schon fast soweit meinen Höhepunkt zu erleben, aber es sollte jetzt noch nicht passieren. Ich setzte mich wieder auf ihr Gesicht, mit meinem Gesicht Richtung ihres Oberkörpers, und beugte mich vor, während sie mich leckte. Ich fing ebenso an ihre kleine Pflaume mit einem Finger zu reizen.

Nachdem wir beide unseren ersten Höhepunkt erlebt hatten, drehte ich mich um, und ließ mein Gesäß auf ihrem Bauch Platz nehmen, wo ich es hin und her rieb, um möglichst viel von ihrem braunen Gold auf meinem Po zu haben. Mit meinen Händen rieb ich auf ihren Brüsten herum und ließ meine Freundin immer mal wieder von ihrem eigenen Kaviar naschen, den ich mir selbstverständlich auch mehr als nur einmal gönnte.

Dann war ich an der Reihe, ihr von meinem „braunen Gold" zu spenden. Ich wendete Melanie meinen Po entgegen und legte mich mit meinen Brüsten auf ihren Bauch. Dann bat ich sie, mir einen Finger in meine Rosette zu schieben, und nachdem sie dies tat, fing ich an zu drücken. Ganz langsam schob ich meinen Darminhalt nach vorne und meine Freundin nahm ihren Finger jedes Mal aus mir heraus, wenn sie spürte, dass etwas braunes an ihrem Finger haftete. Sie schob ihn sich dann in ihren Mund und saugte meinen Kaviar von ihm ab. Dann führte sie ihn wieder in mich hinein. So ging das eine ganze Weile, bis sie es schließlich in ihrem Gesicht spüren wollte. Sie nahm ihren Finger aus mir heraus und erklärte mir, dass sie jetzt die ganze Ladung haben möchte. Also tat ich, was meine Liebste von mir erwartete. Ich rückte noch näher an sie heran, meine Möse berührte nun ihr Kinn, und dann drückte ich ihr meine ganze Ladung in ihr Gesicht. Ein Teil landete in ihrem Mund und sie begann damit, es zu zerkauen und zu schlucken oder aus ihrem Mund in eine Hand gleiten zu lassen, um die schmierige Masse auf meinem Po zu verteilen. Der Rest, der nicht „verarbeitet" wurde, verteilte sich auf ihrem Gesicht. Weiterhin kam immer mal wieder ein kleiner Schwall Sekt aus meiner Möse herausgelaufen,

den sie aber auch dankbar verwendete, oder auf meinen Po spuckte.
Nachdem ich alles nach draußen gedrückt hatte, drehte sie sich zu mir um, und ich sah sie grinsend an.

»Hat es der Dame gemundet?«, fragte ich.

»Vielen Dank der Nachfrage. Es schmeckte mir vorzüglich. Wie immer!«

Dann neigte ich meinen Kopf zu ihr herunter und wir küssten uns. Ich schmeckte meinen Kaviar sowohl in ihrem Mund als auch in ihrem Atem und kam dann auf die Idee, etwas von meinem Po zu nehmen, es zu einem kleinen Klümpchen zu formen und es dann in meinem Mund verschwinden zu lassen. Dann küssten wir uns weiter und das kleine Bällchen wanderte immer hin und her - von mir zu ihr und wieder zurück. Dabei wurde der Kaviar von unserem Speichel immer mehr verflüssigt, bis sich Melanie dann an einem abfallenden Stück verschluckte und heftig zu husten begann. Sofort stieg ich von ihr herunter und klopfte ihr auf den Rücken, damit es besser werden sollte. Sie war wohl kurz vorm Erbrechen, aber dies passierte nicht.

*In diesem Moment stellte ich mir vor, wie es wohl wäre, auch diesen Aspekt oder besser gesagt auch diese Spielart zu praktizieren. Aber zu diesem Zeitpunkt kam es nicht dazu, obwohl es mich sehr reizte, solange ich aufgegeilt war.*

Nachdem Melanie wieder alles im Griff hatte, bat ich sie, dass sie sich meinen Strapon anzieht, den ich mit ins Körbchen gepackt hatte, und meine kaviarverschmierte Möse ficken sollte. Gerne kam sie meinem Wunsch nach und ich drückte mein Gesicht in die vollgepinkelte Decke und reckte ihr wollüstig meinen Unterleib entgegen. Alsbald führte sie meinen Strapon in mich ein, packte mich bei den Hüften und rammelte mich ordentlich durch. Immer wieder versuchte ich derweil noch einen Rest Kaviar aus mir herauszudrücken, was mir aber nicht wirklich gelungen war, da ich ihr wirklich meine gesamte Ladung ins Gesicht drückte.

Während sie mich hart von hinten nahm, vergrub ich mein Gesicht so tief es ging in die Decke, um soviel wie möglich, von dem nassen und teilweise auch mit Kaviar bedeckten Stoff, an bzw. in mich aufzunehmen. So schnell wie schon lange nicht mehr näherte ich mich einem heftigen zweiten Höhepunkt, den man wohl quer durch den Wald wahrnehmen konnte, als mich meine Geliebte mit Worten wie: „Du bist meine geile Ficksau, du geile Pissschlampe oder Kaviarnutte, zeig mir, wie geil ich dich mache" in einen heftigen Orgasmus trieb. Er wollte gar nicht mehr aufhören in mir zu blitzen und meine Muskelkontraktionen waren kurz davor mir Schmerzen zu bereiten, so heftig waren diese, als ich während meines Höhepunktes, noch etwas vom leckeren Kaviar meiner Freundin in meinem Mund hatte.

Dann ließen ihre Stöße langsam nach, bis sie sich aus mir entfernte und ich mich auf den Rücken drehte und heiße und intensive Zungenküsse, die ebenfalls noch braune Züge hatten, empfing.

Dann sollte Melanie auf ihre Kosten kommen. Da der meiste Kaviar, der an unseren Körpern haftete, bereits hart war, suchte ich kleinere, noch feuchte Klümpchen auf uns und der Decke, formte sie zu einer Kugel und feuchtete diese mit meinem Speichel an, um die braune Masse dann auf ihrer Möse und ihrem Po zu verteilen.

Mittlerweile waren auch schon etliche Fliegen und Mücken auf unseren Körpern, die sich ebenfalls am Kaviar labten.

Dann legte sie sich auf den Rücken und winkelte ihre Beine an, damit ich sie mit dem Strapon ordentlich befriedigen konnte. Ich drückte meinen Oberkörper gegen ihre Beine und bewegte den künstlichen Freudenspender tief in sie hinein und sie quittierte jeden Stoß mit einem heftigen Stöhnen. Überall an ihren wohlge-formten Körper konnte ich Kaviarspuren entdecken, die durch den vielen Sekt leicht glitzerten und einen geilen Duft verteilten, der uns beiden noch mehr geiles Vergnügen bereitete, als wir es ohnehin schon immer erlebten, wenn wir uns dem gemeinsamen Liebesspiel hingaben. Ebenso sorgte der geile Geruch nach Kaviar und Natursekt dafür, dass auch sie ihren Höhepunkt viel schneller erreichte als gewöhnlich. Es dauerte noch keine drei Minuten und Melanie, die sich während dieser Zeit immer wieder Kaviar griff und sich im Gesicht verteilte, war im siebten Himmel angekommen.

Nachdem auch meine Freundin, unter heftigen Bewegungen und lautem Gestöhne ihren Höhepunkt erlebte, fuhr ich den Strapon aus ihr heraus und legte mich erneut auf sie. Wir küssten uns und beteuerten uns unsere gegenseitige Liebe. Wir blieben in unserem Kaviar liegen, knutschten und kuschelten noch bis es dunkel wurde und ließen immer mal wieder etwas Sekt nachfließen, wenn es wieder mal Zeit war, unsere „Tanks" zu entleeren. Gegen zwölf Uhr zogen wir uns unsere engen Kleidchen an und machten uns auf den Heimweg.

Bei ihr zu Hause angekommen, gingen wir duschen und schliefen unmittelbar danach tiefenentspannt in ihrem Bettchen ein um dann am nächsten Morgen ein neues Spiel zu beginnen ...

## VI. Buchempfehlungen:


## Esther Kiara de Angelo:

* Mein Natursekt und ich – Kurze Sexgeschichten (2013)*
* Mein Natursekt und ich – Weitere kurze Sexgeschichten (2013)*
* Meine Herrn und ich – Erzählung (2009)*
* Esthers Gute Nacht Geschichten – Sexgeschichten (2009)*


## Kelly Brown:

*Kaviar und Sekt Geschichten – Kurze baun-gelbe Sexgeschichten (2013)*


## Birgit Mahler:

Die kleine Göre   und ihr Nachbar
                  und Frau Kleinbauer
                  und Ihr Lehrer
                  und der Hausmeister
                  und die zwei Männer im Park
                  und die Müllers

    (alle 2014 erschienen; Sexgeschichten ohne Kaviar und Natursekt)


## Martin Speicher:

Ein Mann und zwei Schwestern (2014; Sexgeschichte ohne Kaviar und Natursekt)